당신에게 불을 지펴야겠다

박소언 시집

문학의전당 시인선
0338

당신에게 불을 지펴야겠다

박소언 시집

문학의전당

시인의 말

행간 속에 담긴 말들은
나의 분신이다.

푸념 같지만
심장을 도려낸 말들이다.

안쓰럽기도 하고
연민이 느껴지기도 한다.

나를 떠나
부디, 자유로워지기를……

2021년 4월
박소언

차례

시인의 말

제1부

공   13

쪽방   14

그가   16

벽화   17

그 남자의 뿔   18

부부   20

물고기자리   22

섬   24

소통   25

배웅   26

상자 멀미   28

꽁초   29

각(角)   30

느리게 가는 상점   32

제2부

외출의 꿈　35

완(碗)　36

어머니의 마중물　38

얼음꽃　40

밥　42

리옹　43

붉은 스웨터　44

망초꽃　46

고팽이　48

최후의 만찬　50

팔이 아프다　52

백모란　54

누에의 방　56

아버지의 손　58

제3부

연못　61

금강을 바라보며　62

바다를 깁는 여인　64

홍시　66

봄봄　67

가시의 힘　68

가을 산　70

바다로 가는 계단　72

하얀 리본　74

꽃무릇　75

잃어버린 봄날　76

저수지　78

천태산 은행나무　80

질경이　82

불두화　84

제4부

그 여자의 눈　87

따뜻한 알　88

돗통시　90

명품을 찾아서　92

문어의 꿈　94

실을 감는 부부　96

속과 속 사이　98

젖줄 여행　100

청풍　102

영정을 만나다　103

이총(耳塚)　104

혼불에 물들다　106

잃어버린 여자　108

퍼즐게임　110

해설 ｜ 탈/은폐(隱蔽)의 뜨거움과 차가움　111
　　　｜ 백인덕(시인)

제1부

공

무딘 발목에 걸린 공 하나가 툭툭 침묵을 쪼갠다. 데굴데굴 눈꼬리 뒤로 숨는다. 기우뚱한 것이 영락없는 두개골이다. 쭈그리고 앉아 푸석푸석 누군가에게 내던졌을, 가벼운 영혼이 빠져나간다. "최선책은 없습니다." 지구를 한 바퀴 돌아온 몸짓 같다. 어둠에 묻히지 않으려는 한 촉, 아직까지 통통 튀어오를 듯 여윈 별 하나가, 하얀 달 속으로 빠져든다. 더 이상 누군가의 손에 잡혀 허공에 버려질 일도 없다. 숨통을 찌르는 한 계절이, 심장을 두근두근 매달고 하늘을 삼킨 것이다.

쪽방

짜놓은 관 같다. 일정한 거리 없이 S자로 둘러싼 풍경 속에 발걸음이 멈춰 섰다. 울퉁불퉁 뒤뚱뒤뚱 꾸부렁한 길뿐이다. 차가운 시멘트벽에 박힌 쪽방이 궁금하다. 툭 터진 하늘을 파먹은 음습한 바람이 쪽문에 매달려 덜컹댄다. 문을 열고 들여다보고 싶은 비밀의 방과 방, 그 속에서 낮게 접은 몸을 눕힐 수는 있을까. 쪽방을 지켜주는 차가운 자물쇠도 제 소임을 잃었다. 지켜야 할 것이 남아 있을 때 몸도 뜨거워지는 법이다. 속내를 드러내기라도 할 양 탁한 기침 소리 내뱉는 비좁은 골목, 기력이 쇠한 굽은 등만이 유일한 세상 같다. 석양을 좇아 앞서 간 사람들이 남긴 여백을 따라가다 보니, 다 타버린 연탄 두 장의 하루가 생계형 보험으로 남아 있다. 차가워진 수십 개의 구멍 속에서 헛김만 빠져나온 건 아니다. 산소 같은 온기가 뜨겁게 피어날 듯하다. 어두컴컴한 바람을 밀며 온기 저장고 속으로 더디게 다가가는 길, 희미한 불씨 한 점이 살아 움직인다. 언젠가 붉은 입술 뜨겁게 불태우며 먼바다를 꿈꾸던 그 기운 같다. 옆방의 이야기며 쪽방을 담 삼아 삐뚤삐뚤 걸어가는 낯설지 않은 발소리 같다. 쪽문을 열고 사라져간 하루치의 불꽃, 마지막과 시작이 공존하는 쪽방과 외길 사이에

큰 달이 드리운다. 막다른 골목에 달빛을 가둘 순 없는 일, 그저 느리게 외길을 벗어나고 싶을 뿐이다.

그가

　정숙한 입맞춤, 달착지근한 잠에서 퍼트려놓은 한 권의 분량이 겨우 점 하나를 그리며 투영한다. 깊은 곳에서 떨고 있는 그가, 호흡을 조절한다. 잔잔하던 그가, 터무니없이 현란한 바람과 파도를 밀고 수평선에 닿는다. 스멀거리는 해무에 보얗게 젖은 그가, 손끝에 발끝에 닿아 붉어진 눈시울을 적신다. 하나 빼고는 완벽한 그가, 빗방울에 이유 없이 떨린다. 한없이 여린 그가, 시뻘건 벼락에 천둥이 찢겨져 뚝뚝 떨어져 내린다. 하염없이 펼쳐진 바다가 재고할 여지없이 길을 잃는다. 흉흉하지 않은 그가, 스산하기만 한 그가, 꽉 찬 서랍 같은 바다 끝에서 헛산 것같이 늙어버린 그가, 조근조근 속삭인다. 먼 곳까지 불어온 바람에 느슨해진 그가, 돛대에 매달려 하얀 안개를 오르고 내린다. 풍경 같은 섬, 하나 빼고는 부족할 리 없는 그가, 손 많이 가는 그가, 바다를 끌어당긴다. 아주 다른 그가,

벽화

방을 나오려는데 문의 벽이 그녀를 불러 세웠다. 이봐, 푸념 같지만 꽉 닫혀버린 너의 문을 열어줘. 볕에 바랜 벽은 꽃과 나비를 떨어뜨렸다. 오밀조밀 들어앉은 딱딱한 몸피, 그녀의 벽이다. 붉디붉던 양귀비꽃 철 따라 피웠던 스위치의 꿈, 벽은 아직도 신혼을 안고 있다. 축 늘어진 셔츠 하나가 한 잔 술을 마신 듯 못 박힌 채 벽이 되었다. 멈칫, 고요히 얼어붙은 벽, 먼지를 수북이 머금은 콘센트도 휴면 중이다. 결코 승부할 수 없는 무뚝뚝한 그녀의 벽, 가까이 코드를 맞춰야 해. 신음 소리를 훔쳐 먹은 벽 속을 녹이듯 거울 하나 비춰주자 속속들이 드러나는 시들지 못한 벽 속의 꽃들, 아! 빗살무늬 화사한 문 하나 달아줘야지. 묵묵한 그녀가 벽에 기대어 누군가를 엿듣는다. 바라보면, 사방이 벽, 벽 따위에 까딱하지 말라며 언뜻언뜻 얼룩진 낙서가 문득 새롭다. 벽 속으로 그녀를 덧그리자 하얀 벽이 찌릿찌릿 그녀를 읽는다. 벽과 문 사이에서

그 남자의 뿔

그 남자 엉덩이에 꽃망울이 부풀었다
외진 곳에 불뚝 피어난 뾰루지 하나
엉덩이에 뿔이라도 난 걸까
킥킥대며 나오는 웃음을 참아본다
거울 앞에 서서 뒤를 자꾸만 돌아보며
어린 식솔 운운하며 탓을 한다
통통히 여문 그 남자의 뾰루지
끙끙 앓으며 다문 입은 아닐까
수발들다 염증 난 싫증 같은 건 아닐까
뿔뚝뿔뚝 꽃으로 타올라
군불을 지핀 방처럼 따뜻하다
통증이 깊어져 뿌리라도 내리면
끈끈한 고약이라도 붙여줄까
뽀얀 살 등에 티 나게 부어올라
살갑게 맞닿아 비비던 저 노란빛
종자 같은 종기로 단단해지기까지
아무도 몰래 얼마나 손이 갔을까
호호 불어 성난 뿔을 달래주니

라라라 콧노래 부르며 헛말을 내뱉는다

금장 같은 훈장인 거지

튀어나온 남자의 흔적이 얄밉게

몽환의 노을처럼 빛나고 있다

사는 동안 꽃이 되라는 듯

붉은 외로움이야말로 그 남자의 섬

근육질을 먹고 두꺼워진 뾰루지가 아니던가

부부

화려한 옷이 아니라도 좋다

부드럽게 감겨오는 분홍이라면

식솔들 옷을 주섬주섬 집어 빨래를 한다

땀 냄새 풍기며 걸어 나오는 남편 옷자락이

지금만큼은 내 손 안에 있다

고된 하루가 고스란히 손 안에 갇혀 운다

얼마 전 빈 술병처럼 나뒹굴던 말이 귓가에 맴돈다

예쁜 옷 한 벌 사줄까, 비싸고 좋은 옷으로

하얀 세제가 거품을 물고 살 비늘 풀어헤치자

얼룩진 비릿한 시간들 뒤엉키며

내 가슴으로 숭숭 휘돌아 깊이 젖어든다

해진 옷이 싫증 난 것도

작아지거나 색깔을 바꾸고 싶은 것도 아니다

손끝에 촘촘히 박히도록 익숙해져

한 몸을 이루고도 남아돌았을 인연이 아니던가

한 올 한 올 짜인 올 사이를 누비며

실밥 터진 흔적들, 살가운 시간들

얼굴 붉히던 씁쓸한 상처들

쭈룩쭈룩 부풀었던 거품이 빠져나간다
속과 겉이 내통하는 감촉이 부드럽다
땀땀이 갈무리한 식솔들의 옷에서
은은한 향을 읽는다
젖은 물기 툴툴 털어
고운 햇볕에 뽀송뽀송 말리고 싶다

물고기자리

유리 항아리에 구피가 새끼를 낳았어요
여기저기 치어들 반짝반짝 스스로 탯줄을 끊고 깨어난 거죠
한때 파닥파닥 날뛰다가 가출한 경험도 있었어요
살랑거리는 꼬리 춤사위로 잽싸게 따라붙는 수컷 때문이죠
지느러미 화려한 수컷은 사뭇 인간하곤 다르죠
한눈파는 순간 갓 태어난 새끼를 꽤차기도 하고요
할 수 없이 옮겨놓아야만 새끼가 살 수 있어요
아침저녁마다 혈혈단신 눈을 맞추며
천생연분에 묶인 운명인가 봐요
수초에 숨었다 따라가고 숨었다 따라가고
순풍순풍 야금야금 튀어나오기도 하고
가슴 깊이 무언가 새겨지기도 하던
그동안의 아픔이 응어리진 고통의 저 몸짓
천번만번 쌓인 속병의 흔적이 반짝반짝 앓고 있어요
티브이 화면이 커지는 소리에 화들짝 놀라 뒤꽁무니를 빼기
도 하다가
쾅, 문 닫는 소리에 펄쩍 뛰다 기절한 적도 있고요
마른기침 소리에 애먼 벽만 쪼아대던 시절

흐르는 물 따라 총총총 물고기자리로 빛났던 거죠
폭 꺼져버린 배를 올라타는 새끼들 세상이었던 거죠
꼬랑지를 흔들며 킁킁 비늘 냄새라도 맡았는지
붉은 헛바닥을 내밀며 핥아대는 달팽이도 무섭다며
툼벙툼벙 검은 똥을 떨어뜨리고 있어요
산란의 고통, 별똥별 하나를 게워내고 있어요
이제는 물고기자리를 떠나야 해요
상어 떼 우글거리는 넓고 험한 바다로
큰 물살을 타고 헤엄쳐 나가야 해요
적막한 태풍의 눈 속으로 나아갈수록
더욱 더 선명하게 물고기자리는 빛날 거예요

섬

당신에게 사로잡힌 후
그 섬이 생겨났다는 걸 알았어요
희고 동그랗게 말라버린 자리
오래 감춰둔 침묵처럼 고요했어요
탱글탱글 매끈하게 흘러내리던
두 볼 적시던 그 촉감
허락도 없이 빠져나가더니
머릿속에 침전된 기억의 저편에서
짐짓 모르는 척 묻어둔 숯
묵묵히 버짐으로 피고 있었어요
촉촉한 머리 헹구며 쓰다듬다가
시시각각 변하는 아름다움이라며
바람마저 헝클려 사라진 날
하얗게 꽃처럼 피어난
그 섬, 보고서야 알았어요
나도 그 섬의 주민이란 것을

소통

공항 가는 길을 나서는데 새벽달이 나를 빤히 쳐다본다. 어느 별에서 달맞이꽃이라도 마중 나온 걸까. 지상의 높은 교회 불빛이 북두칠성과 소통한다. 별똥별이 반딧불이와 밀어를 나눌 때 버스는 우주정거장으로 향한다. 우주통신 수신기가 고압선 안테나로 송신한다. 우주와 만나는 여명휴게실에서 지구의 문자를 전달한다. 따라온 달이 까만 문을 닫고, 하얀 문이 열리는 낯설지 않은 지구의 아침, 궤도를 벗어나 낯선 인간과 소통한다. 구름도 내려와 배웅을 하는 외계인 ET가 꼬마의 손을 잡는다. 안드로메다 종착역에 닿아 손을 흔든다. 눈부신 태양 아래 비행기가 착륙한다. 이륙한 우주선 UFO가 위성과 소통한다. 그 시간의 틈에서 세계의 언어가 게이트를 통해 지구로 걸어 나온다. 파리지엔느 새끼를 쓰다듬으며 우주왕복선과 소통한다. 하늘 한쪽 베어 문 낮달도 누군가를 배웅하며 밤과 소통하고 있다.

배웅

지구의 문을 열고 출근하는 남자
창문 열고 배웅하는 여자
일 년 삼백육십오 일을 하루같이
실눈 뜬 어둠도
밤새 지쳐 희미해진 달빛도
남자의 출근길을 엿보고 있다
차갑고 딱딱한 우주선에
몸을 구겨 넣는 남자를
길게 목을 뺀 여자가 먼 눈빛으로 바라본다
자동차 불빛이 사라질 때까지
고만고만한 잔별들이 헤죽헤죽 웃고
작은 별과 지구 사이에 뜬 우주선처럼
외각 진 그 길을 곁눈질 한번 없이
습관처럼 달려가는 남자
어디까지 함께 갈 수 있을지
불안에 휩싸이는 여자
너무 멀어 갈 수 없는 어느 별 앞에서
지구라는 둥지를 떠올리며

부랴부랴 돌아오겠지
온종일 챙기지 못한 속내가
붉은 노을빛에 걸릴 때
멀리 달아나지 못한 남자가
달콤하게 포옹하는 여자가
궤도를 그리며
시린 바람을 끌어안는다

사후에는 그녀가 지구의 문을 열 것이다

상자 멀미

단단하게 쌓아놓은 고층의 상자가 위태롭다. 네모난 틈새 사이로 따로따로 빠져나가며 이탈 중이다. 스스로 나오고 스스로 들어간다. 겹겹이 들어선 빼곡한 상자들의 진화, 세상이 온통 상자로 가득 차 있다. 저당 잡힌 공간 속에서 더 이상 파란 방을 꿈꾸지 않는다. 베란다 구석에 내팽겨두었던 사과 상자가 푸른 추억을 갉아먹고 있다. 달큼 시큼한 시간을 밀고 당기며 상자 안에서 박제가 되어가고 있다. 친절하게 적힌 날짜마저 희미해져 간다. 다급해진 남자의 꿈이 부스럭대며 술렁거린다.

바코드 찍힌 상자를 연다. 열어보지 못한 상자들이 구석에서 속앓이하며 순서를 기다린다. 허공에 매달려 곧 무너져 내릴 상자가 숨을 가쁘게 내쉰다. 빌딩 사이, 골진 바람결 따라 상자들이 그네를 탄다. 멀미가 신경을 자극하기 시작한다. 상자 속을 걸어 나오는 차가운 구둣발 소리에 새벽이 깨어난다. 높은 상자 속에서 튀어나온 누군가의 작은 상자가 한 남자를 애잔하게 바라보고 있다.

꽁초

빨간 전구 하나가 버스 밖으로 던져졌다
길바닥에 나뒹구는 순간 꽃이 피었다 진다
자동차 바퀴에 눌려 영영 져버릴지도 모를 일
거친 숨소리에 제 몸 굴리며 사그라져 간다
대낮처럼 선명했던 꺼질 줄 모르던 사내의 한 계절이
불 하나에 서로 물려 세상을 겨루던 그 시절이
촉수를 빨아 갉아먹으며 진액을 증발시키고 있다
어느 로켓이 쏘아올린 인공위성인가
뜨거운 불구덩이 솟아오르는 총알 같은 기세가
꺼지지 않는 호롱불 같은 희미한 하루가
호시탐탐 노리던 꾹꾹 짓이기던 뜨거운 입김이
누군가의 혼을 쥐락펴락 살라버렸을 것이다
지나간 화려한 시간이
불과 바람 사이에서 기운 없이 뻐끔거리고 있다
캄캄한 절망 속에서 길을 밝혀주던 개똥벌레 같다
제 몸 타들어 가는 줄도 모르고
행성을 알 수 없는 떠돌이별로 환생하려 한다
지상의 어떤 사내가 길바닥에 폭죽처럼 터지고 있다

각(角)

한 남자가 각을 세운다

청춘을 끌어올린 모퉁이에서 모서리마다 안간힘을 쓴다

한여름에도 외면하지 않고 긴 소매 깃을 따라

뜨겁게 곧추세운 고단한 직선의 길이

한 남자를 아득한 절벽으로 떠밀었다

앞섶 가슴에 알알이 뜨인 바늘이 갇혀 운다

남자의 독백이 각도에서 소리를 잃고 있다

한사코 가야 한다는 고집스런 오랜 꿈이

날 선 귀에 살이라도 베이면 어쩌나

내가 가는 길과 한 남자의 길이 옷깃에 잇닿아

부끄러운 민낯으로 선연히 드러나는 선

바르게 포개놓은 섶과 섶 사이가 헐렁하다

송골송골 땀에 얼룩진 상처를 벗고 싶어

헐렁해진 넥타이 다잡으며 자꾸만 밀어 올린다

구석구석 사각 진 시간이 만져진다

걷어붙인 소매부터 굽이도는 겨드랑이까지

삐뚤빼뚤 홈을 따라

반질반질 윤을 내며 길을 간다

묵은 때 촘촘히 엮은 모난 귀퉁이마다
구겨진 어깻죽지며 단단한 속내였을
몸 빠져나간 자리에 허락도 없이 주름을 잡는다
하루에도 쉼 없이 목의 깃을 잡아당기는
허기진 기(氣)가 공복을 부풀린다
남자의 자존심에 각(角)을 세운다

느리게 가는 상점

느리게 가는 상점 앞에 서니 정겹다. 마치 먼 미래에서 온 것 같다. 무엇을 찾으러 왔던가. 비좁은 골목길을 걸어 나오는 발걸음이 사뿐하다. 낡은 간판이 좋다. 아귀가 서로 맞지 않아 보여도 서로 기대어 선 지 80년이란다. 어느 한쪽이 삐거덕거려도 걷어 내거나 뜯지 않았다. 그저 덧대어 살을 더할 뿐이다. 변해가는 세월 앞에 아무 일 없이 흘러가는 편안한 길, 반짝반짝 눈을 현혹하며 유혹하는 네온사인도 사라져 버렸다. 콘센트 없이 고요하고 부드러운 나무 간판엔 느리게 가는 시간이 있다. 서두르지 않고 천천히 찾아가는 화살표 팻말 하나면 족하다. 쌩하니 달려가는 자동차 사이로 바람에 나뒹굴던 가랑잎이 걸음을 멈추어 서리라. 도시로 돈 벌러 나간 언니도, 타지로 장사 나간 엄마도, 탁주 한 사발에 휘청거리던 아버지도, 시간이 지날수록 에돌고 싶은 길이다. 이 시간이 잠에서 깨어나면 어쩌나, 네온사인 속으로 화려한 데뷔라도 하면 어쩌나, 나이 들수록 시간은 빨라진다 했던가. 시간조차 쉬어가는 상점 앞에서 화려하지 않은 골목길로 접어든 날이다.

제2부

외출의 꿈

어머니의 몸이 비단처럼 곱지만 금방이라도 깨질 듯합니다. 바싹 오그라든 젖가슴은 푹 꺼진 풍선 같고 올곧던 부드러운 목선은 얄팍하게 힘을 잃었습니다. 손마디는 휘어진 활 같고, 야무지게 발끝까지 씻겨주던 그 도톰한 손등은 어디로 사라졌는지 쾡합니다. 굳은살이 갑옷을 입고 껍데기만 꿈지럭꿈지럭 각질만이 연명 중입니다. 통증조차 감지 못하는 걸까요. 혹한 시절에도 한평생 자리를 지켜온 굽은 등의 표정이 따끔따끔 빛나고 있습니다. 부드러운 촉감과 따뜻한 체온은 어머니의 귀한 정원입니다. 정붙일 곳을 찾고 있는 걸까요. 속내를 보여주기 싫은 듯 있는 힘을 다해 안쪽으로 오므라드는 다리 사이가 퍽 슬픕니다. 어머니와의 기억들이 깊숙한 곳으로 낮게 똬리를 틀며 자꾸만 선명해집니다. 담홍색과 살빛이 눈부시던 몸피는 좀먹어 낡은 구멍만이 작은 소리를 냅니다. 쭈룩쭈룩 빠져나가는 수혈을 막을 수는 없는 걸까요. 물 마른 살갗이 개운하다고 꽃보다 더 환하게 수수한 냄새 번지며 미소 지으시는 어머니. 먼 곳으로 외출을 꿈꾸고 계시는 걸까요.

완(碗)

뒤란 항아리에 고인 빗물이 댓잎을 담고 더 파래진다
납작해진 굽이 몇 번의 쌓인 눈을 맞고도
발효된 둥긂을 지탱하고 있다

발길 멈춘 지 오래
구실 사라진 오래된 잔상이 차갑게 번져온다

금방이라도 조물조물 한 끼가 차려질 듯
시간의 각도가 바람을 덧대고 발자국 소리를 여닫는다
쉼 없던 자식들 조잘대는 온기를 기다리는 걸까
애물의 시간이 까치발을 들고
그림자 진 거리를 자꾸만 허락 없이 훑어본다

한세월, 살점 떨어져 나간 귀퉁이에
허연 초승달이 감쪽같이 담긴다

대숲 그늘진 어둠 속에서
무덤 같은 몸을 수그리는 어머니

장독대에 앉아

슬그머니 완(碗) 속에 버무려지고 있다

어머니의 마중물

산그늘 아래 오롯이 비켜 앉은 우물 하나 있어요
돌담에 고인 아침 햇살 한 줌 받아들고
하얀 물새 깃을 치듯 물안개 피어올라요
울컥 목젖을 적시며 파고드는 그리운 어머니
이제는 생의 우듬지 떨어진 채 고즈넉하게
독대의 시간 끌어안고 들풀만 무성해요
제 살로 빚어낸 물거울에 무지개 비치며 담겨 와요
애먼 눈물에 목이 말라 꿀꺽 삼키고 말았어요
땀 같기도 하고 눈물 같기도 한 어머니의 우물
괜찮다 괜찮아,
비워내는 것이 곧 채우는 것이라고
강을 낳고 바다를 낳고
생명수로 남아 하늘마저 다 퍼주고 남을 화수분이었어요
마른 풀잎 끝에 물오른 파수꾼 같은 우물이
쪼글쪼글 말라가고 있어요
박제된 벽 속에 태양을 작열하게 쏟아부어도
수백 미터 지하에서 마중물을 내리시는 어머니
이끼 낀 세월 속에서 물 한 모금 내어주는

찰찰 두레박줄 넘치는 맑은 영혼의 물
들여다보는 것으로 물의 깊이를 헤아리지 말아요
반쯤 감은 뜰 우물가
물빛 가득 차오른 이파리 대궁마다 꽃숭어리 눈부시니
곧추세운 물길 속으로 농울쳐 흐르는
어머니의 마중물

얼음꽃

단 하루도 잊은 적 없는
잃어버린 아들 가슴 한쪽에 묻고
아무렇지 않은 듯
세상살이 어디든 피어났지

죄인처럼 숨어 고개 숙인 채
뚜욱 뚝 피눈물 하염없이 떨구고
바쁘게 돌아가는 많은 사연들 속에서
시퍼런 한기를 맞으며 살았지

벼랑 끝에 매달린 하얀 기억을 붙잡고
마른 들풀 같은 어머니가
꽃이 바람에 지듯
파리하게 생기를 잃고 있지

몸부림쳐 봐도 부질없는데
꿈속에선 잃어버린 아들이 걸어 나오지

묻어둔 꽃씨처럼 꿈을 꾸는 오늘
어머니의 기억은 꽃 지듯 지고 말았지

해마다 계절풍이 불어오면
얼음 틈 사이에서는
노란 꽃들이 무리 지어 출렁이겠지

밥

　새까맣게 타버린 밥에서, 보너스 같은 따끈한 한 끼가 숟가락 위에서 단내를 풍기고 있다. 365일 굶기를 밥 먹듯 했다는 할머니, 부뚜막 한쪽을 지키며 메마른 뼈마디에 병색마저 깊어졌을 것이다. 꽃처럼 피어나던 버짐도 고만고만한 새끼들과 품 팔아 얻어온, 밥 한 술로 풀죽은 허기와 궁핍한 생을 때우셨을 그 시절, 헐거워진 허리띠 졸라매며 통통하게 살찌우려, 옹알옹알 입속으로 한 톨 한 톨 밥뚜껑을 덮으셨을까. 건건이라고는 소금에 절여진 짠지에, 푸성귀 푸짐하게 가득 차오른 가난을 쌀독으로 하얗게 채우셨을 터, 끓어 넘치던 밥물 냄새 사라질까. 뿌연 김 부드럽게 머금으며 꼿꼿하던 고집으로, 마른 목이라도 적시셨겠지. 밥물처럼 몰래 잦아들었을 할머니의 만찬이, 꽃무늬 밥상보에 조각조각 붙어 있다. 선물 같은 아침에 하얀 쌀밥으로 밥을 먹는 오늘, 할머니의 밥물은 쉬 넘치지 않는다.

리옹

무성한 사념들만 빼곡히 들어찼구나
덩그러니 책상 하나만 나를 반기는구나
낯설고 물선 땅에 부는 바람 부여잡고
빈 화폭 채우며 꿈을 키웠는가
어둠을 끌어안은 달빛 맞으며
방 안 가득 수북 모여든 별빛 삼아
삐죽삐죽 내밀던 글자들
내게 돌아와 젖가슴 파고드는구나
웅성웅성 무어라 말을 거는구나
엄마의 초유 향 맛본 것일까
방향 잃고 부유하던 그늘이
볕 좋은 화분으로 걸어 나오는구나
스무 해 햇살이 둥글게 살아난
가슴에 붙어살던 작은 심장 하나가
뚝 떨어져 나가던 그날부터
긴 목마른 시간 끌어당겼으리라
뜨겁게 달궈진 햇살도 이곳에선
어느새 빈방을 곱게 물들이고 있구나

붉은 스웨터

흔들의자에 앉은 실타래가
공단 치마폭 위에 꽃핀 무늬가 아직은 곱다
하룻밤 이틀 밤 길어지던 그 감촉은
매일매일 몸속을 빠져나갔던가
배꼽에서 실을 끊임없이 풀고 있는 저 손끝
코가 빠진 밋밋한 구멍 속에서
끊어진 인연을 이어주기라도 하듯
제멋대로 흘러나온 실을 따라
차가운 그림자를 뽑아내고 있다
고운 색시처럼 꿈결 같았던 물씬한 젖 내음
그 언제였던가
달랑달랑 매달리던 버거워진 호흡
만지작거리며 수십 년의 계절을 잃고 있다
떼려야 뗄 수 없는 관계
욕심 없던 색실 수 하나가 숫눈처럼 쌓여
보푸라기로 재탄생한 것
유연하게 감싸던 촉감이
구부러진 등만큼이나 눈도 펑펑 울고 있다

탯줄을 잘라내던 그때처럼

둘둘 말아 올린 따뜻한 체온까지

이제야 떼어내며 풀고 있다

오늘도 긴 하루가 지나가는데

핏덩어리 같은 붉은 실타래가

작아진 어머니를 흔들흔들 지키고 있다

망초꽃

심심한 흙밭에 누워계시는 아버지
파릇파릇 길섶의 망초가 싱그럽다
손톱만 한 주먹 주렁주렁 단 국화꽃인 양
세상에 대한 잔잔한 기억들 같은
꽃숭어리가 이어질 듯 끊어지고
끊어질 듯 이어지는 종소리 같다
닿을 수 없는 깊은 그곳까지 비쳐주는
뒷짐 지고 털레털레 걷던 날
후미진 고샅길 비추던 그 달이다
비틀거리는 뒷모습이 외롭던
꽃잎 닮은 가시나 귀찮다 하던
굵직해야지 원 자잘한 것이 중얼거리던
시리고 시린 풀잎 이슬 맞으며
투명한 눈물 떨구던 바로 그 꽃이다
에밀레종 울려 퍼지는 들판에 서서
낮은 풀에서 긴 목 세우던 망초대
솜 망치가 되기까지 종주먹 날리며
조물조물 우물거리던 쌉싸래한 나물까지

하얀 속내 꽃술마다 매달고
안으로 안으로만 삼키던
노란 콩알만 한 그 멍이다
하얀 받침에 노란 촛불 켜둔 망초꽃 아래
새하얀 꿈길을 환하게 걸으며
빠끔히 바라보다가 꽃으로 피었다

고팽이

반질반질 산길을 코고무신에 담고

한 손에는 반달 같은 비닐우산 받쳐 들고

한 손에는 행상 보따리 구겨 쥐었겠지

등허리에서 아기가 울어댈 때

오줌이라도 마려우면 옴짝달싹할 수 없어

빗물 넘치도록 함께 우셨겠지

말똥말똥 산길로 미끄럼 타듯 수십 리 길 다녔겠지

빽이라고는 옴팡진 바탕골 양지 바른 그곳

밤마다 보따리 싸고도 젖꼭지 문 아가가 붙잡아 앉혔겠지

그득그득 담긴 무거운 보따리는 정수리를 막고

새들도 무리 지어 둥지로 날아들 때면

너처럼 붉고 싶다며 덜컹덜컹 자갈길 걸어오셨겠지

오뚝한 콧날이 얼마나 시려웠을까

날 선 바람만큼이나 햇살도 눈부셨을까

동구 밖 묏등에서 사립문까지 따라온 반딧불이

어두운 발길 밝혀주었겠지

탁주 한 사발에 노랫가락 늘어진 아버지를 바라보며

궁시렁궁시렁 매만지며 가슴을 저미셨겠지

총총 걸음걸음 댓돌 위에 가지런히 놓여
어머니의 수행도 누우셨겠지
혹시 아버지는 콧등 살살 문질러 거꾸로 신으실까
닳고 해진 곳을 닦아내시며 새것처럼 모아두셨겠지
실밥 터진 흔적 덧대어 꽃신처럼 달아놓고
무덤덤하게 들여다보며 어머니도 수줍게 웃으셨겠지

최후의 만찬

혀의 촉수를 세워
이 생애 마지막 식사를 한다
수십 년 곰삭은 간을 빼고
다디단 별빛에
살아온 한 끼니 끼니를 고루 섞는다
가라앉은 시간은 식탁이 되고
복사꽃 하늘대는 단 하루는
어머니 밥상처럼 환하다
과거의 헛배가
새 세상을 만난 듯
벗이었던 달을 삼킨다
속없이 야금거리는 최후의 만찬
매운 코끝을 축내며
수면 너머로 묵언수행 중이다
목구멍을 지나
심장을 뜨겁게 채운다
봄나물처럼 감칠맛 나던 손맛
그 뿌옇던 기억 속으로

신에게 바치는 한 접시의 공양일까
제 갈 길 뜨겁게 삼키는 저 원죄
미련 없이 깨끗이 비우고 있다

팔이 아프다

팔이 아프다

뼈와 살이 불협화음을 내며

신경을 깨운다

삐거덕거리며 욱신욱신 쑤셔오는 주파수

용수철처럼 튀어 오른다

불협화음이 나는 것은 모두 아프다

아니, 아픈 것들은 모두 불협화음을 낸다

난 몰랐다

세상에 익숙해진 화음을

내 전유물인 양 횡포를 부리며

지휘봉을 휘둘렀다는 것을

갈라진 뼈와 뼈 사이에

가마솥이 위태롭게 걸려 있다

팔은 가마솥을 걸고 있는 부뚜막이다

부뚜막에 걸린 가마솥에

김이 나지 않는다

갈라진 부뚜막 틈새로

찬바람이 휑하니 분다

어리석은 나는

이제야 황토를 바른다

당신에게 불을 지펴야겠다

백모란

터진 속이 바람 끝에 나부낀다
소복한 차림새가 어깨를 들썩이며
식은 꽃이 고개를 떨군다

불덩이 같던 한 시절을 잘라낸
휑한 마디가 언덕처럼 둥글하다

낮꽃 같은 여백이 증언하듯 하얗타
잘쭉한 허리께에 숨어든 눈빛이
쏟아낼 듯 우부룩한 품에 안긴다

뎅강 잘려 나간 벌건 상처가
뒤란 끝에서 하얀 실루엣으로 물결치다가
발치쯤 이르러서야 하염없이 오그라든다

하마터면 놓칠 뻔한 임종 같은 시간이
하얀 그림자를 드리운다
독백 속에 하소연 늘어놓은 꽃 무덤이

사그라졌어도 더할 나위 없이 희다

씨방이 열리고 나서야
어머니의 기별인 줄 알았다

누에의 방

냉랭한 냉기 막아내려 너에게
깊숙이 몸을 집어넣었다
푸근한 목화솜 묻어나면서부터
어머니의 체온을 껴안은 누에가
굼실굼실 걸어 나온다

언 심장 말없이 녹여주는
너와의 재회가 결 따라 살갑다
그제야 부대끼는 시간 저편으로
희디흰 꽃으로 피어나는
어머니의 보푸라기를 본다

뽀송뽀송 일어난 흔적들 사이로
목화 향 따스하게 전해온다
눈보라 몰아치던 한파
너와의 동침은 훈훈했다
증거 같은 고치의 집

이제는 가벼운 홀씨가 되어
하얗게 부풀어 오른 훈기로
태아를 밀어내는 둥그스름한 그 속
시리도록 부드러운 이 감촉
따뜻한 어머니의 품속이다

아버지의 손

처음엔 수액이 왕성하게 치솟던 손이었다
소매 깃에 묻어나던 체온으로
정답게 어린 몸 감싸주던 아버지의 손길
대숲을 일구고도 남아돌던 강직한 손바닥
그 손등 위로 도드라진 핏줄
누군가에 밟히고 일어서며 과부하 된 상처들
제 살 그대로 감쪽같이 부풀어 올랐다
아버지의 손은 굳은살이 숨어 살던 일급비밀구역
간혹 무덤이 하나 묻히기도 하고
손가락 마디마디 수혈하듯 울분을 토해내기도 했다
상처의 본산이었던 아버지의 손
지금은 굽어 꺾어진 실금과 대금 사이
불규칙한 관절 음만 휘돌고
꼬깃꼬깃 손등 주름이 적막하도록 깊다
뒤춤에 감춰진 아버지의 손바닥에
샐비어 후리지아 작약 나팔꽃 피워놓고
그 속에 가만히 다시 안기고 싶다

제3부

연못

물구나무선 버드나무가
수심 깊은 곳까지 고요하다

바람이 휘젓고 지나간 시간이
물주름에 갇혔다

수면 위에 앉은 잠자리가
수면 위에 앉은 잠자리의 표정을 읽는다

물에 빠진 낮달을
물어뜯는 잉어들

물속에 갇힌 본색이
속내를 드러낸다

금강을 바라보며

머루빛 들녘을 찍어내는 눈부신 가을날
강줄기 너머 은빛 물결로 숨 몰아쉬는 들판
허리춤에 길을 내듯 오종종 피어난
쑥부쟁이, 벌개미취, 사그락 억새 비비는 소리들
바람 재우는 강 발가락 마디마다 뿌리를 찾아들고
가지들의 날갯짓이며 이파리에 색이 돋으면
알싸한 향기가 수액처럼 흘러 모공을 스며들고
내게 잔잔한 강가를 꺼내 보인다
꼬깃꼬깃 달라붙은 세월만큼이나
그렇게 그 자리를 지키고 숨 쉬는 금강
환한 하늘이 한 움큼 열리듯
강은 내게 고즈넉한 엄마 품속이며 젖줄이다
폭풍 같은 성냄도 가파른 비틀길도
이리저리 휘말리고 부딪치는 비명 같은 함성도
파문 없이 고요 속으로 삼키고 품는다
거대한 우주를 잉태하고
내게 평온한 풍요를 안겨준다
빛나는 건 높은 데만 있는 것은 아니지

가장 낮은 자세로 흐르고 흘러 닿은 금강
깊이를 알 수 없는 것이 어찌 그뿐이랴
마음을 곧추세우고 강을 바라보는 내게
생명줄 잇듯 말없이 세상을 감싸 안는다
반쯤 감은 하루해 사이로 가을이 속속 익어간다
대지를 품고 흐르는 금강 속으로

바다를 깁는 여인

바다가 뜯어먹은 흔적을 하염없이 바라보는 여인이 있습니다. 찢겨져 나간 어물 망을 무릎에 안고 스멀거리는 갯벌에게 아랫도리를 온전히 내어주고 있습니다. 깨어진 조개껍질 그 속으로 빠알갛게 물든 수줍은 여인이 헝클어진 그물을 부여잡고 있습니다.

출생 끝에 매달린 그리움을 깁고 덧댑니다. 가난 끝에 딸려 온 바닷가에서 스무 번째 여름을 보냅니다. 하루를 비우면서 내일이라는 희망을 봅니다. 밑천을 환히 드러낸 바다가 여지없이 하루를 토해내고 있습니다. 파도가 만들어낸 갯벌은 자락자락 바스러진 몸을 추스른 채 비릿한 간기를 비워냅니다.

숨 가쁘게 지나간 태풍에도, 우두둑 찢겨 나간 기암절벽 같은 파도에도, 바다를 움켜잡은 저 끈질긴 여인이 떨어져 나간 살점을 기워 올립니다. 바다만 한 그물을 일으켜 세웁니다. 격정이 지나간 움푹 파인 어촌은 사뭇 진지하고 마땅한 일인 듯합니다.

수평선을 꿰매는 여인의 손놀림이 거센 물살을 휘감습니다. 지칠 줄 모르게 낡아버린 프로펠러가 암초의 깊이를 이어가는 중입니다. 머지않아 다녀올 하롱베이, 어촌 풍경이 반짝이듯 그물에 걸립니다.

물큰함이 헤아려집니다. 질긴 망에 걸려 바다를 촘촘히 엮고 있는 여인이 먼 수평선 너머 그 바다 끝까지 좌르륵 미끄러집니다. 스무 살 일몰 같은 희고 고움이 짠 파도에 잦아들고 있습니다.

홍시

하얀 밤을 걸어 나와요

장독 안에서 아랫목까지
발자국마다 달달한 향내를 달고
얼어붙은 몸을 녹여주죠
찬 서리 맞고 말랑해지기까지
견딘 떫은 시간들
까슬까슬 마른 꼭지
슬쩍 떼어냈어도
꽃받침처럼 붙어살던 살점
마지막까지 쪼옥 쪽 빨아먹으며
사르르 미소 짓던

그대는 누구를 떠올리나요

봄봄

겨우내 가둬둔 화분들
베란다에 내놓고 물을 주었더니
물방울들 망물망울 맑은 수다를 떤다
금방이라도 꽃숭어리 피어날 기세다

어린 딸이 그려준 일곱 송이 유화 한 점
꽃씨 하나 묻고 있었던 걸까
그늘진 구석에서 선한 눈빛으로 봄봄 거리며 웃는다
벙어리 입 터지고 봉사가 눈뜬 듯
언 가슴 녹이며 피고 있다

나풀나풀 넘어오는 노루귀며
앙증맞고 희디흰 변산바람꽃
햇살만큼이나 눈부신 얼음새꽃도
환한 눈짓 보내며 피고 있겠다

가시의 힘

보이지 않는 무언가가 꺼실꺼실,
간격을 두고 속을 찌른다
생선의 잔뼈도 아니고 나뭇결 묻어온 목피(木皮)도 아닌
내 살에서 나온 거스러미다

탱자나무 가시에 찔린 듯 욱신욱신 쑤셔댄다
심장까지 파고드는 신음 속의 긴 침묵
언젠가 뱉어낸 말 한마디가 비명처럼 들려온다

쐐기 같은 말이 목에 걸린 채
탱자나무 가시 틈에서 하얀 꽃을 피워낸다
입 안에 돋은 혓바늘 같은 말
가시에 박혀 속앓이하는 침묵의 곳간을 삭인다

딱지만 한 속에서 시퍼렇게 짓무른 응어리가
노랗게 익어버려 물러터졌다
가시넝쿨 틈새를 비집고 들어온 바람까지
따끔따끔 침으로 꽂힌다

더 곪기 전에 터뜨리지 않으면

탱자 꽃은 영영 피지 않을 것이다

가을 산

산에 들면 누구나 푸른빛에 물드는 걸까
산 기운이 혈관 속으로 흘러들어 시원히 적셔준다
굽이굽이 오르며 산중턱을 동행하는 한 생애가
가장 낮은 자세로 기어오르고 있다
어제를 헤집으며 몰아쉬는 날숨소리가 바닥을 치며
설악산 정상에 입적이라도 할 기세다
얄팍하게 저울질했던 탐욕 덩어리들
천 길 절벽으로 불길 속을 낙화하고 있다
참선하듯 서 있는 저 소나무의 청정한 몸짓 사이로
싱싱한 잎맥이 산의 척추처럼 단단하기만 하다
푸른 살빛 달고 제 손길로 보듬어 쓸어내려 준다
마치 세상을 잴 줄 모르는 원시림에 든 기분이다
한 호흡 몰아쉬자 울산바위가 심장박동 소리를 내며
긴 역사에 닳고 닳은 알몸을 그대로 봉양한 채
지상의 등산객을 넓은 어깨로 맞아준다
아슬아슬한 가지 끝에 하늘빛이 물들고
천지간에 쏟아지는 알싸한 산 향기가
들숨 몰아쉬며 정상에 올라 마음마저 비워낸다

텅 텅 빈 내 마음속에 정기라도 들었는지
온몸이 새봄처럼 깨어나고 있다

바다로 가는 계단

푸른 수맥이 부드러운 바다에 앉았습니다

방향 잃은 바람은 미끄럼을 타고
숨 고르던 돌들이 또르르 굴러 갑니다
툴툴대던 푸른 손이
품는 일도 벅차다며 분비물을 토해냅니다

잡힐 듯 보일 듯
허우적대는 파도가 허공에 뛰어듭니다

등 위에 찍힌 바다가
속울음에 뒤집힐 듯 일렁입니다
철썩철썩 놀라고 불쑥불쑥 옹알이도 합니다
쌓이고 쌓인 발자국이
하얗게 부서져 내리며 번지고 있습니다

노랗게 말린 꽃잎이 숨결을 더듬으며
작은 산맥을 품 안에 거느립니다

산다화 길을 따라 자맥질하는 바다

깜박깜박

바다로 가는 계단으로 푸르게 쏟아지는 것입니다

하얀 리본

리본 끝에 매달린 겨울 하루가
하늘 가득 펄럭인다
생존을 꿈꾸던
거부할 수 없는 세상 끝에서
한 번도 가본 적 없는
먼 길 가는 한 여자
지도 안에서 깃발처럼 나부끼고 있다

그렇다 목울대에 걸린 것이다
난생처음 쏟아내는 눈물
심장에 감겨왔던가
익숙하지 않은 미소를 머금으며
설핏 웃는 하얀 리본 한 송이

고작 리본 한 송이 단 것뿐인데
느닷없이 봄 같은 하루가 떠나간 것이다

꽃무릇

저기 산그늘 아래 처녀자리가 있어요
새빨개진 얼굴이 별이 된
달이 차오르면
대궁 속에 투명한 눈물을 감추고
터질듯 타올라 따로 살아야 하는
시집 못 간 언니
말라죽을 때까지 오롯이 꽃이어야 하는
저 시뻘건 몸
정갈한 꽃대가 단호한 것이
덧난 상처를 머금고
열이 식은 후에야 떨어지고 있어요
한번이라도 헤아려 보아요
설령, 사내의 피사체가 되어도
뱀이 스르륵 몸을 핥아도
무뚝뚝한 나무가 흘끔거려도
언제나 그 자리에 있을 거예요

잃어버린 봄날

보글보글한 뚝배기를 비워낸 늦은 아침
바다로 갈까 꽃구경을 갈까
남자가 묻자 대답 없는 여자
그 이유인즉 청개구리 같은 남자란다

들로 나물 캐러 가고 싶었던 여자
잠시 잊고 물었단다
어디로 가는데?
자동차 바퀴 굴러가는 대로 간다는 남자
여자는 창밖만 물끄러미 바라보며
소리 없는 시간 내내 후회했단다

빼곡히 들어선 등산객 인파에 밀려 차를 돌린
남자, 눈앞에 두 갈래 길이 나왔단다
느지막이 은근슬쩍 여자에게 묻더란다
어디로 갈까?
집으로!
단칼에 여자가 말했단다

잃어버린 시간을 매달고 들어온 두 사람
말없이 그저 낮잠에 빠져들었단다
여자가 미끄덩거리는 국수를 말아 상을 차리니
남자는 중화요리 B코스를 시키더란다
이른 저녁 영화 한 편 침묵 속에 가둬둔
두 사람,
쓴웃음 보이지 않게 박장대소하며
이렇게 말했단다

이겼다, 내가 이겼다!

저수지

스스로 하늘을 품어 안은 곳
혼자서는 출렁이지 않지요
수심이 깊은지 낮은지 보이지도 않고요
고여 있는 것만으로 넉넉하지만
속이 궁금하여 비밀스러운 방 같기도 해요
좀처럼 바닥을 드러내지도 않아
푸르도록 심연이 깊은 곳
빠르게 흐르는 세월 속에서
잔잔함을 감출 수도 없지요

고사목 뿌리가 드러나도록 목말랐어도
기운을 놓을 수조차 없지요
신발이 하얗게 부서져 내린 파도의 파문
누군가 던진 돌멩이에 수면이 찢겨져 나가도
절벽 같은 물속은 편안한 굴 속 같지요

탯줄 감은 둥지 같은 곳
우거진 수초 아래 잉어들 첨벙댈 때

진흙 속에서 신음하는 연꽃 소리 들려오지요
가을비라도 내릴 때면
화려한 우울이 감돌지요
한겨울 얼음장 위에 몸을 얹으면
까만 상처가 배꼽처럼 박혀 있지요

천태산 은행나무

천년의 허기가 속세를 굽어본다

가부좌 튼 저 형상
우북한 옹이는 피멍 든 어머니 같고
한 그루 둥치는 아버지 자화상 같다

천 년 동안
늙지 않는 저 번뇌가
스스로 뿌리내린 어린 가지 하나가
구부러진 오랜 침묵이
휘어진 세월 속에서
여전하게도 환하다

저 영혼의 빛깔
생의 버팀목이 아니던가

알알이 다 등불 같은
우듬지에 걸린 초승달도

저, 흘림기둥에 등을 기대
바람 소리 듣는다

인생은 늘 푸르지만은 않다며
나무 목(木) 4획이 내게 말을 건넨다

질경이

도시 한복판 아스팔트 틈 사이를 견디는
너의 잎사귀는 푸르구나
있어야 할 곳에 있기에 그러한 거지
씨앗을 파종하지 않았어도
변함없이 가문 뿌리 빗방울에 적시더니
풀밭의 파수꾼으로 잔뿌리를 키웠구나
자동차 지나가는 자리에 숨죽인 차전초가 되었구나
질경질경 신발 굽에 웅크리고 앉아
밟히고 밟혀 버려진 줄 알았는데
피할 수 없는 자리에서 새하얀 꽃을 피워냈구나
길 위의 못이 되어 아픈 통증 잠재웠구나
강아지풀 엮어 끼고 반지로 언약할 때
하얀 별 크고 작은 눈들이 망초로 펑펑 터질 때에도
꽃 같지 않은 풀, 풀 같지 않은 꽃이 벙글었구나
도시 한복판 뙤약볕 아래서
질긴 목숨 잘근잘근 씹으며 견뎌냈구나
언뜻 보기에 볼품없어 보이지만
렌즈 속에 담아보니 분명 꽃이었구나

세상 가장 낮은 바닥에서 피어나는

외롭고 높고 푸른 숨결이었구나

불두화

뿌리 하나가 두 나무를 공양하며
하얀 경전을 펼치고 섰다
다 채우지 못하는 초파일의 생애지만
잉태한 씨앗까지 속죄하며
중악단, 허공을 하얗게 피워 올린다
연초록에서 흰 꽃으로 누런빛까지
고스란히 비워내는 신원사(新元寺)* 불두화
원죄 앞에 합장하던 명성황후가
풍경 소리 매달고 참선하는 달안개가
이승 지나가는 문지기 되어
백팔 개의 꽃잎으로 자욱하게 고인다

서서히 희미해져 가는 저 등
허연 비늘 옷을 벗으며
하냥, 묵언수행 중이다

————————
*계룡산 자락에 있는 사찰.

제4부

그 여자의 눈

황반변성입니다

스스럼없이 던지는 의사의 말

숨구멍만 한 두 눈이 깊숙한 뻘로 빠져듭니다

거무스름한 어둠마저 무서운데 파도가 밀려든 셈입니다

먼바다에서 찍힌 실핏줄이 혈관처럼 펼쳐집니다

한때 나를 다녀간 수많은 눈길들

우아하고 아름답던 진주 빛깔이었던 적 있습니다

조가비 살 속에 모래알 따위가

이는 파도에 번개 맞은 듯 멈칫, 출렁입니다

서서히 지워져 가는 저 오리엔트의 빛

햇살과 바람과 바닷길

꿈꾼 시간만큼 썰물썰물 빠져나갑니다

텅 빈 가슴 끌어당기며 달려든 밀물이

눈자위에 닿아 세차게 부딪칩니다

어느새 뱃고동 소리만 남아

어둔 섬 하늘엔 별 총총 뜨고 있습니다

따뜻한 알

늘 알을 품고 삭이던 그 여자
툇마루 모서리에 앉아 있다
숨죽인 시간이 몽글몽글 빠져나간다
어지러운 머릿속을 지우고 싶었을까
죽은 나무 위에 몸을 얹은 줄도 모르고
말간 하늘만 종일 바라본다
적당한 햇빛과 바람 그 사이에서
선홍빛 백일홍이 아직 환하다
가는 목으로 절룩절룩 서성이던
몽환의 한나절이 마룻바닥에 쏟아진다
새들마저 둥지를 틀지만
오랜 세월 창살 하나 없이
기둥에 묶인 주춧돌이 발끈할 듯하다
난도질당한 옹이가 꿈틀거리며
후끈 달아오를지도 모를 일
바람과 소통이라도 할 작정인가
마당에 제각각 피어오른 햇살들
앙다문 입술에 꽃잎 하나가 새롭다

그 여자가 일탈하는 밤이면
저 별빛도 발부리 내리고
따뜻한 달 하나 낳을 것이다

돗통시*

추사 적거지(秋史謫居地)에서 돗통시가 내 눈에 오래 잠겨 왔습니다

하늘이 바라보이는 돌로 쌓아놓은 낮은 통시에서

우리 안에 머물렀을 꼬리의 기억이 돌돌 말려 꿀꿀거립니다

킁킁거리는 주둥이에 뺨을 대어 봅니다

붉은 상형문자로 그린 부적 같은 복의 기운이 감돌았습니다

일점동심타타원(一點冬心朶朶圓)**을 읊었을 추사를 생각합니다

초라한 초가집, 모거리***에서 눈치 없이 활짝 핀 수선화를 바라보며

오매불망 고향산천 그리움을 삼켰을 법합니다

대보름 둥근달은 추사의 텅 빈 여백에 차올랐는지

세한도(歲寒圖)에 그려 넣은 깊은 시름이 보입니다

붓끝에 닿은 꿈이 총총 떠오른 별보다도 더 빛나던,

봉긋 솟은 산방산(山房山)의 기(氣)

비좁은 모거리에서 화백이고 문인이었던 추사에게서

허방하게 쪼그려 앉은 꿈이 보입니다

잃어버릴 뻔한 나의 꿈이 돗통시 우리 안에 들어갑니다

추사가 머문 모거리 좁은 방에 들어갑니다

못다 한 꿈이 두근거립니다

돗도 추사도 떠난 빈집

그 통시 안에서 불안한 자세로 푸른 바다를 바라봅니다

파도가 책장을 넘기고 돌고래 소리를 받아 적는 문장이라
면 제법이겠지요

바다 속을 떠다니는 유빙까지 그려낼 그런 무한한 꿈을 꿈
니다

제주에 뜬 별을 품고

---

*변소와 돼지우리가 결합된 공간.
**"한 점의 겨울이 송이송이 동그랗게 피어난다"는 뜻으로 추사가 수선화를 보고
읊은 시의 한 구절.
***헛간채.

명품을 찾아서

대구 북성로에서 잃어버린 명품을 찾는다

회색빛 바탕에 검정 무늬가 유혹하는 감촉

슬그머니 풀려나간 후 구제의 늪 속에 빠진 게 분명하다

다급해진 발자국 따라 당대 제일이던 그 엇길을 걷는다

순종 황제 어가 길에서 단단하게 뿌리내린 향나무 두 그루
가 발목을 잡는다

100년의 그날이 우려져 분노가 치밀었다

미나 카이 백화점 자리에서 삭발한 여배우가 알몸으로 나부
낀다

잘 나가던 옷들이 쾨쾨한 냄새를 뿜어내며 즐비한 곳

미도다방에서 쌍화차를 마신다

샛골목에서 새어나온 고기 굽는 연기가

빈 소주병 속에서 나뒹굴며 지나간 시절을 바람에 가둔다

혹, 내가 찾는 그것

머플러에 핀 잔잔한 꽃, 떨어진 후 낯선 깃발처럼 망각하듯

휘날린다
　눈에 들지 않던 늙은 매춘부가 요구르트를 건네며
　아직도 서성이고 있는 곳

　잃어버린 명품을 찾기란 쉽지 않은 일
　내 안의 꿈이 수런거린다 은행잎이 노랗게 날린다
　콧대 세운 워킹 속에
　내 목덜미를 치감는 눈길이 아직도 근사하다
　그 간절함을 좇던 발길이 여전히 어슬렁거리고 있다

문어의 꿈

속셈을 알 수 없는 캄캄한 어둠 속에서
표정 없는 얼굴을 살핀다
검은 먹물이 왈칵 쏟아져 나올 듯 귀를 내밀고
또랑또랑한 눈을 맞춘다
몸을 길게 늘이며 헤엄치다가 커다란 얼굴을 집어삼킨다

가위눌림, 안간힘을 다해 빠져나오려 몸부림쳐도
몸빛이 까맣게 변하다가 찰싹 엉겨 붙다가
하늘과 바다의 물살과 뒤섞여 태양을 찾는다
흑백 너머 잔잔한 풍경들이 찍힌다

어두워질수록 선명해지는 손바닥만 한 유리창
구조의 신호인 양 척척 달라붙고 달라붙어
희끄무레한 색깔이 살아난다
눈뜬장님 같은 까막눈이 그렁그렁 맺힌다
눈빛을 따라온 그림자 속에
짙은 먹물이 흩뿌리며 풀어진다

허공을 떠도는 시선이 같은 곳을 바라보고 있다
변하지 않는 눈동자가 아니었던가
할 수 없이 그 안으로 색깔이 머문다
외출하는 민낯이 그림자 속에 담겨
눈부신 유영을 꿈꾸고 있다

실을 감는 부부

장밋빛 꿈속에 은밀히 숨어든 탓일까요
인연 하나에 정 담고 사는 게
둘이라서 좋은 근사한 이유였습니다
건조해진 오랜 침묵을 깨고
가지런히 지문처럼 찍혀 있는
청홍사(靑紅絲)를 꺼내봅니다

낡아서 버려진 것이 아니라
계절마다 갈아입는 옷에 깊숙이 밀려나
잠시 잊고 살았을 뿐입니다
햇살이 파랗게 부서지는 지난날
고운 살결 포개며 따듯했습니다

꺼뜨리지 않은 호롱불 같은 꽃이었을까요
그림자보다 더 길게
한숨만 감고 있는 시곗바늘들
실밥 터진 흔적들 바라보며
한 땀 한 땀 쪼아 먹은

해진 가닥이 싸하게 전해옵니다

실오라기 같은 외줄이었을까요
가문 이으려 호젓이 구슬들 꿰어왔을 터
화려한 깃에 약속한 정성 모아
촘촘히 감는다는 걸 몰랐습니다
미려히 지워지지 않는 색감으로
살 끝에 감도는 선명한 이 감촉
느슨한 실을 뽑아 둥글게 감으며 갑니다

속과 속 사이

뿌리째 뽑히지 못하고 싹둑 몸만 잘리고도
통통 살이 오른 뽀얀 배추 방둥이가 후끈 달았다
날카로운 칼에 반쪽 잘려 나가는 순간부터
붉은 혁명은 시작되었다

한랭전선, 파란 행성에서 밀려나와
포개진 시간 속에서 묻어온 바람도 부서져 내렸다
조각조각 각진 소금이 몸에 박히고서야
한나절 층층이 풀죽은 뒤에야
가슴에 박힌 대못도 함께 숨죽어 갔다

짠 파도에 새살을 저미고 말았다
밤새 시름시름 푸른 기운도 잃어갔다
젖가슴과 고랑 사이를 파고들었던 한파
실핏줄마다 방울방울 피가 흘렀다

전신을 붉게 물들이기 시작한 잎새의 영혼도
혼절해버린 그 여자의 묵은 상처도

허연 속살을 쩍 벌리고 속으로 집어넣었다
말을 꽉 채운 채 봉해버린 속과 속 사이
유통기한 없는 그 깊고 깊은 속으로
시간의 깊이로 누운 여자가 발효되고 있다

젖줄 여행

오십 유선을 따라 젖줄 여행에 나섰다
핑크빛 리본이 낯설게 날 반겼다
수많은 사연을 안고 오종종 꽃처럼 피어
젖무덤 쓸어 모으며 순서를 기다리는 사람들
핑크빛 가운을 입고 나서야 비로소
여자의 이름으로 하나가 되었다
젖줄을 따라 차가운 액체가 심장 깊이 흘러들어
담쟁이넝쿨처럼 뻗은 길을 따라갔다
불룩한 가슴이 두둥실 떠다니다
비릿한 시간 속으로 걸려들었다
맑디맑은 강가에 탐스런 복숭아 한 개
가슴에 안고 젖꼭지 물렸었다
속은 다 내어주고 텅 비어버린
찌릿찌릿 삐죽한 꽃대마다
진이 빠져 늘어진 입자에 퇴적암 쌓인 건 아닐까
가슴 언저리 명치끝이 뻐근하다
비단 천 위에 반질반질 꽃담을 치던 기억
풍선처럼 부풀어 오른다

물혹쯤이야 젖줄 속에 핀 여린 꽃이지
한차례 거센 물줄기가 철렁대며 지나간 자리
젖줄은 제법 평온을 되찾고 나서야 잔잔하다
유선을 따라 젖줄 속을 더듬어본다
깊숙한 것이 부드럽고 따스하다
마치 태초부터 젖줄을 빨았던 것처럼
말랑말랑한 보석 같다
봉긋한 젖가슴에 매달린 꽃향이 알싸하다
나를 겨냥한 꽃, 푸른 선율이 아름답다

청풍

숨죽인 고요 속에서
속곳 벗는 수줍은 여인인가
저 백색의 음
줄을 타고 오르는 물의 환상곡인가
가까이 희미해지다가
차츰 풀려나다가
쩡하게 숨 고르는 저 잔잔함
가뭇없이 흩어져 사라져버리는
하얀 글귀 같은 혼(魂)
잠든 흰 새도
꽁지깃 하얗게 날아오른다
아지랑이 형상을 그리며
여인의 하얀 심지가
슬프게 젖고 있다
십일월, 청풍호에서
첫 경험 같은 눈물을 보았다

영정을 만나다

　화악리* 논길을 저만치 따라가면, 좌상 든 익안대군이 침묵 속에 번지고 있다. 형과 아우를 사이에 두고 천수를 다한 이 방의(李芳毅), 하늘로 퍼져나간 긴 한숨이 어둠을 벤다. 역성 혁명(易姓革命)한 조선이, 누운 깃발처럼 뻘기가 돋아나 있다. 마을을 지키는 저 영당, 묏등이 쓸어내리는 바람결 따라 담장 아래 핀 붉은 비단은, 아직도 채색 중이다. 꼬리를 문 긴 그림 자가 처소에 머물고 있는 왕자의 난, 그 뜯어져 나온 꽃잎 한 장을 줍는다. 사라진 핏빛의 혈육을 담은 빈 표정이, 댓잎 위 에 놓인 바람이, 두근거리듯 원춘각에 잠들어 있는 먼 등선 너 머, 어스름한 산이 자꾸만 글썽거린다.

*충남 논산시 연산면 화악리에 있는 마을 이름.

이총(耳塚)*

도요쿠니 신사**
하필, 그곳에서 한 줌 슬픔이 나를 삼킨다
"에비야"
아우성치는 저 소리
오륜석탑 언저리에서 풀뿌리까지
원혼이 살아 숨 쉰다
빗물이 눈물처럼 떨어진다
오래도록 묻힌 숨소리가
몸속 깊이 출렁거린다
한 토막이었을 체온이 뜨겁게 스민다
비에 젖은 땅, 그 무덤 속에서
배어나오는 살 썩는 냄새가
만행에 짓밟힌 정유재란을 기억한다
누군가의 子
누군가의 孫이었을
노략질당한 코와 귀
심장 같은 풀잎이 눈까풀처럼 떨린다
설움 안은 교토 달빛 아래

흰 초롱꽃이 봉분 휘감으며

침묵 속에서 한없이 호흡하고 있다

---

*이총(耳塚): 일본 교토에 있는 조선인의 귀와 코를 묻은 무덤.
**도요쿠니 신사: 임진왜란을 일으킨 도요토미 히데요시를 받드는 신사.

혼불에 물들다

설레는 마음으로 혼불을 켜 들자
흰 깃이 미려히 나를 밝혀준다
행간에 갇혀 울던 영혼
여기저기 불꽃들 하나 둘 깨어나고
아낌없이 다 주고도 그대 안에 잠자던
혼불이여

여인의 일대기가 온 땅 위에 수북한 날
파리한 체취가 세상 가득 진한 향 물씬 풍겨온다
숨결 끊임없이 떼어내며 환생하는
그대를 볼 수 있으리라
눈물로 스크랩한 혼불 속에서
사람들 층층이 삶의 기록을 읽고 있다
얼마를 더 돌아야 한 생을 물릴 수 있을까

잦아드는 세월 채우지도 못하고 세상을 봉합한 그대
분꽃 같은 까만 씨 남기려
단단한 집에 혼불 낳고 몸을 푸는 중이리라

유독 심금을 울리며 내게 닿는

그대여 혼불이여

잃어버린 여자

노을빛 얼굴로 한 여자가 씨부렁거린다
별의별 시선 수없이 매달고도
그 표정이 외려 해맑다
가방은 탐스런 속살을 감추듯 커다랗고
특별한 사연 담은 그 미소야말로
차마 아물 수 없는 죽은 상처다
버석거리는 이파리 한 잎 바닥에 떨어지는데
손끝으로 바람 잠재우며 키들키들 웃는다
어제 속에 붙박여 생기 가득한 영혼
미친 듯 피어나는 웃음꽃을 잘라내지도 못하고
반복되는 멜로디만 조각조각 살아난다
스스로를 위로하며 거침없이
누군가의 품을 살갑게 두드리는 여자
적선하듯 박카스를 웃음으로 건네주며
문득 내게 무언가 묻는다
계절은 내게 옐로카드를 던지는데
아직도 속 시원히 펼쳐보지 못한 얄궂은 복병처럼
기억 속 내력은 형형색색이다

행인들의 눈빛 아랑곳하지 않는 저 청춘은
지금 기억 속에 묶인 스스로와 투병 중이다
잃어버린 그 여자의 행방을 따라가자
붙박여 있던 따끔따끔한 독백이
울컥, 오늘의 신경을 깨우며
간절간절 나를 가리키고 있다

퍼즐게임

그간 맞추다 만 퍼즐조각이 흩어져 있다
한 칸 한 칸 끼우며 채워가다 보니
감추고 있었던 모습이 드러나기 시작했다
한 조각 한 조각 부딪치며 서로 짜 맞출 때마다
동그란 도형으로 내려와 앉았다
쌓아둔 낱말 속에 가로세로 집어넣자
삐딱하던 조각선이 무늬의 길로 이어졌다
풀어지지 않던 지문 같은 기억들
벌어진 퍼즐 판 틈새를 메우며 그림처럼 펼쳐졌다
벗어나지 못하는 숫자 속에서
나는 지금 맞추기 놀이를 즐기고 있는 중
조각조각 쪼아 먹은 잃어버린 한 조각을 찾고 있다
완결한 조각의 무늬가 모자이크 속에 숨어
어른어른 나를 향해 웃고 있다

탈/은폐(隱蔽)의 뜨거움과 차가움
—박소언의 시적 지향

백인덕 시인

1.

　모든 부정적인 통계적 사건과 사실을 덮어두고, 방향과 결과라는 측면에서만 보면 현대의 우리는 인류 역사상 자기 자신에 대해 가장 잘 아는 존재다. 우리는 우리의 '욕망과 능력'의 규모를 측정하고 그것을 실현할 '기술과 체계'의 힘을 매번 확인한다. 심지어 그 길의 끝에 도사리고 있을지도 모르는 '최종 파멸'을 거의 정확하게 예측하기도 한다. 그렇지만 무의식의 차원에서는 여전히 '본능과 본성'을 오롯이 가려내지 못하고, 다른 말로 '소유와 존재'를 뒤바꾼 일상의 경험에 만족하고 만다. 그런 경험치에서 '해찰'은 쉽게 부정된다. 성취도로

계산할 수 없는 모든 것에 대해 적대적인 것이 바로 지금—여기 삶의 양태이고 정상적 사고이기 때문이다.

　박소언 시인은 위의 '사실'을 잘 알기 때문에 오히려 나름의 '해찰'을 가감 없이 드러낸다. 시작(詩作)이란 결국 인생과 현실에 대한 오해나 무지를 계기로 하지 않고, 자신의 시적 지향이라는 빛에 의해 역(逆)으로 밝혀가는 것임을 작품을 통해 구체적으로 증명한다.

　　　그 남자 엉덩이에 꽃망울이 부풀었다

　　　외진 곳에 불뚝 피어난 뾰루지 하나

　　　엉덩이에 뿔이라도 난 걸까

　　　킥킥대며 나오는 웃음을 참아본다

　　　거울 앞에 서서 뒤를 자꾸만 돌아보며

　　　어린 식솔 운운하며 탓을 한다

　　　통통히 여문 그 남자의 뾰루지

　　　끙끙 앓으며 다문 입은 아닐까

　　　수발들다 염증 난 싫증 같은 건 아닐까

　　　뿔뚝뿔뚝 꽃으로 타올라

　　　군불을 지핀 방처럼 따뜻하다

　　　통증이 깊어져 뿌리라도 내리면

　　　끈끈한 고약이라도 붙여줄까

　　　뽀얀 살 등에 티 나게 부어올라

살갑게 맞닿아 비비던 저 노란빛

종자 같은 종기로 단단해지기까지

아무도 몰래 얼마나 손이 갔을까

호호 불어 성난 뿔을 달래주니

라라라 콧노래 부르며 헛말을 내뱉는다

금장 같은 훈장인 거지

튀어나온 남자의 흔적이 얄밉게

몽환의 노을처럼 빛나고 있다

사는 동안 꽃이 되라는 듯

붉은 외로움이야말로 그 남자의 섬

근육질을 먹고 두꺼워진 뾰루지가 아니던가

—「그 남자의 뿔」 전문

　의도했건 하지 않았든, 시인은 창작의 각 시기에 따라 거기에 중심이 되는 '상징(어)'을 채택하거나 형성하기 마련이다. 따라서 일상의 평범한 어휘가 시의 중심 상징으로 변모하는 과정을 살펴보는 것도 어쩌면 한 시인의 시세계를 이해하는 또 하나의 방법일지도 모른다. 위의 인용 작품의 경우에는 '뾰루지 → 뿔'의 성격 변화가 바로 그런 길이라 할 수 있다.

　일반적으로 '뾰루지'는 "뾰족하게 부어오른 작은 부스럼"이라는 사전 정의처럼 신체 변화의 시각적 증상이다. 굳이 의학적 전문 지식이 없어도 그 형태와 발생 지점을 보고 나름대로 원인을 유추하는 비교적 가벼운 병증이다. 이런 사정은 작품의 도입부에도 나타난다. "그 남자 엉덩이에 꽃망울이 부풀었다/외진 곳에 불뚝 피어난 뾰루지 하나/엉덩이에 뿔이라도 난 걸까"에서 '뾰루지'는 그 외형적 유사성으로 인해 '꽃망울'과 '뿔'로 비유되고는 있지만, 아직도 그냥 '뾰루지' 즉 눈으로 확인할 수 있는 어떤 가벼운 병증으로 남는다. 하지만 이야기는 곧 반전(反轉)한다. 뾰루지가 생겨난 원인을 "어린 식솔 운운하며 탓"을 하는 '남자'와 "수발들다 염증 난 싫증 같은 건 아닐까" 생각하는 시인의 대화(?)가 개입하기 때문이다. 남자의 '탓'은 말(언어)의 표면, 즉 지시된 것 이상의 의미를 찾아서는 안 되는 '외연(denotation)'일 뿐이고, 시인의 속말("끙끙 앓으며 다문 입")은 지시된 표면이 아니라 함축한 의미를 밝혀야만 하는 '내포(connotation)'라는 점에서 이 대화는 진정한 의미의 커뮤니케이션이라 할 수는 없다. 대화 상태에서 말 건네기가 오고 가는 동안 의미가 자연스럽게 흐르기보다는 외연의 과장("라라라 콧노래 부르며 헛말을 내뱉는다/금장 같은 훈장인 거지")과 내포의 심화("사는 동안 꽃이 되라는 듯/붉은 외로움이야말로 그 남자의 섬")가 단계적으로 드러날 뿐이기 때문이다.

하지만 시인은 자신이 직접 목격한 시각적 사실에서 출발하여 그것이 생성되기까지 이면에 쌓여온 어떤 진실과 마주할 수 있는 새로운 시각을 스스로 발명해낸다. 그것이 이 작품의 제목이 '그 남자의 뾰루지'가 아니고 '그 남자의 뿔'인 이유다. 또한, 시인의 시적 지향이 겨냥하는 바를 대상의 크기나 온도, 친소(親疏)를 떠나 한결같이 '탈/은폐'라는 방식으로 드러내고 있는 이유이기도 하다.

2.

박소언 시인의 이번 시집을 앞에서 언급한 대로 중심이 되는 '상징'으로 요약하면, '그 남자―(그 여자)―어머니'라는 세 개의 축으로 이루어졌다고 할 수 있다. 여기서 '(그 여자)'가 괄호를 벗지 못하는 것은 다른 두 축, 즉 '그 남자'와 '어머니'(이것은 사실 한 어휘를 지시하는 것이 아니라 그 어휘와 관련 계열 전체를 포함한다. 가령 어머니는 '아버지'를 품어 안는다)가 탈/은폐의 형식으로 나름의 시적 특질이 확연하게 형상화되고 있는 반면에 '(그 여자)'만 아직 은폐된 형식으로 자기 특질을 조금씩 조정해나가는 양상을 드러내기 때문이다.

인칭의 사용, 특히 삼인칭의 사용은 무엇보다 '객관적인 거리'의 확보를 기반으로 해야 한다. 약하게 말하면, 의식하기 때문이다. 따라서 '그 남자'는 발화 상황만 가정하면 말하는 '나'도 아니고 대상인 '너'도 아닌 발화내용을 의미의 왜곡 없이 담보할 수 있는 존재 중에서 특정한 한 사람을 지칭한다. 하지만 앞에서 살펴본 작품, 「그 남자의 뿔」에서 확인된 것처

럼 '그 남자'는 실상은 시적 화자와 가장 멀고도 가까운 '부부
관계'를 형성한 존재다. 그럼에도 불구하고 삼인칭, 즉 익명의
존재로 치환하는 것은 시인은 일종의 '탈/은폐' 전략 때문이라
고 이해할 수 있다.

> 한 남자가 각을 세운다
> 청춘을 끌어올린 모퉁이에서 모서리마다 안간힘을 쓴다
> 한여름에도 외면하지 않고 긴 소매 깃을 따라
> 뜨겁게 곧추세운 고단한 직선의 길이
> 한 남자를 아득한 절벽으로 떠밀었다
> ──「각(角)」 부분

> 지나간 화려한 시간이
> 불과 바람 사이에서 기운 없이 뻐끔거리고 있다
> 캄캄한 절망 속에서 길을 밝혀주던 개똥벌레 같다
> 제 몸 타들어 가는 줄도 모르고
> 행성을 알 수 없는 떠돌이별로 환생하려 한다
> 지상의 어떤 사내가 길바닥에 폭죽처럼 터지고 있다
> ──「꽁초」 부분

　인용한 두 작품은 「그 남자의 뿔」에서 '그 남자'가 괄호 쳐
진 상태, 즉 제유의 형식을 취하고 있다. 우리는 제유가 단지

수사법의 한 가지로 "부분으로 전체를 드러낸다"는 일반적 이해를 넘어 곧잘 의인법으로써 대상 인물의 한 가지 특성만을 강조하기 위해서도 사용된다는 것을 잘 알고 있다. 위의 작품들의 경우 후자의 이해를 바탕으로 작성되었다고 보인다.

'각'을 세운다는 것은 인용 작품의 끝머리에서 분명하게 표현된, "허기진 기(氣)가 공복을 부풀린다/남자의 자존심에 각(角)을 세운다"는 것, 즉 자존심 나아가 자기 존엄을 위한 어떤 표시 행위를 의미한다. 물론 그렇게 자존심을 세워야 하는 이유까지도 시의 표면에 자연스럽게 드러나 있다. 그런데 이어지는 작품「꽁초」에서 '지상의 어떤 사내'는 늦은 밤 버스에서 버려진 '꽁초'와 같은 전락(轉落)을 보여준다. 심지어 버려진 '꽁초'는 "캄캄한 절망 속에서 길을 밝혀주던 개똥벌레"에 비유되기도 한다. 하지만 이는 아름답고 환상적이기보다는 오히려 "제 몸 타들어 가는 줄도 모"른다는 측면에서 애처롭기까지 하다. 이렇게 따라가다 보면 시인은 '그 남자'의 탈/은폐를 통해 지상에서 존재의 영위란 것이 너무나 제한적이고 또 한시적이란 사실을 확인하는 비극적 인식을 드러낸다고 볼 수도 있다. 하지만 이런 이해는 곧바로 지양된다.「부부」에서 시인은 가족의 빨래를 하면서 "속과 겉이 내통하는 감촉"을 느낀다고 고백하고 있고,「배웅」에서는 남편의 출근을 "지구의 문"을 연다고까지 확대하며 나아가 "사후에는 그녀가 지구의 문을 열 것이다"라는 장담 비슷한 예상을 하기도 한다.

지금까지 살펴본 것에만 의지해도 박소언 시인이 매우 감각적인 표현 능력을 키워왔음을 한눈에 알 수 있다. 추상적 관념이나 개념에 휩쓸리거나 과도하게 의지하지 않고 비유적 사물, 즉 객관적 상관물을 적절하게 선택해서 자신의 시적 특성을 풍요롭게 가꾸어가고 있다고 할 수 있다. 거기서 멈추지 않고 시적 의미라는 측면에도 나름 성과를 겨냥하는데, '그 남자'가 결국은 현재진행형의 탈/은폐 전략이라는 점에서 뜨거움이라는 속성을 갖고 있고, 그것이 시인에게 변화를 두려워하지 않는 동기가 된다는 점 또한 분명히 보여주고 있다.

3.

박소언 시인의 탈/은폐를 통한 시적 지향의 공고화라는 전략의 다른 방향은 일종의 '차가움'이라는 특질을 갖는다. 여기에 중심 상징어는 표피적으로 이해하면 극단적으로 '얼음꽃'이라 할 수 있지만, 이면의 여러 계기까지 고려해서 선택하자면 응당 '어머니'가 되어야 할 것이다.

어머니의 몸이 비단처럼 곱지만 금방이라도 깨질 듯합니다. 바싹 오그라든 젖가슴은 푹 꺼진 풍선 같고 올곧던 부드러운 목선은 얄팍하게 힘을 잃었습니다. 손마디는 휘

어진 활 같고, 야무지게 발끝까지 씻겨주던 그 도톰한 손
등은 어디로 사라졌는지 쾡합니다. 굳은살이 갑옷을 입고
껍데기만 꿈지럭꿈지럭 각질만이 연명 중입니다. 통증조
차 감지 못하는 걸까요. 혹한 시절에도 한평생 자리를 지
켜온 굽은 등의 표정이 따끔따끔 빛나고 있습니다. 부드
러운 촉감과 따뜻한 체온은 어머니의 귀한 정원입니다. 정
붙일 곳을 찾고 있는 걸까요. 속내를 보여주기 싫은 듯 있
는 힘을 다해 안쪽으로 오므라드는 다리 사이가 퍽 슬픕니
다. 어머니와의 기억들이 깊숙한 곳으로 낮게 똬리를 틀
며 자꾸만 선명해집니다. 담홍색과 살빛이 눈부시던 몸피
는 좀먹어 낡은 구멍만이 작은 소리를 냅니다. 쭈룩쭈룩 빠
져나가는 수혈을 막을 수는 없는 걸까요. 물 마른 살갗이
개운하다고 꽃보다 더 환하게 수수한 냄새 번지며 미소 지
으시는 어머니. 먼 곳으로 외출을 꿈꾸고 계시는 걸까요.

― 「외출의 꿈」 전문

　인용 작품의 '어머니'는 마치 빛바랜 사진 속에 붙잡혀 정
물이 된 대상처럼 어떤 생기(生氣)의 움직임도 보여주지 않는
다. 애초에 그랬던 것이 아니라 활활 다 타버려서 전혀 성질
이 달라진 물질처럼 시인의 눈앞에 붙잡혀 있다. "껍데기만 꿈
지럭꿈지럭 각질만이 연명 중입니다", "안쪽으로 오므라드는
다리 사이가 퍽 슬픕니다" 등의 감정 서술도 대상인 어머니에

게서 발원한 것이 아니라 시인의 정서가 투사되어 되비친 것일 뿐이다. 따라서 이 작품은 말 그대로 비극이 탄생하기 직전의 숨 막히는 고요 같은 느낌을 자아낸다. 하지만 거기서 멈추지 않는다. 이 작품은 '외출의 꿈'이란 표제가 강력하게 암시하는 것처럼, 끝부분 "미소 지으시는 어머니. 먼 곳으로 외출을 꿈꾸고 계시는 걸까요."라는 부분에 이르러 시가 내비쳤던 차가움을 일거에 날려버리고 생의 본래 의미라는 측면에서 강력하고 뜨거운 공감의 장(場)을 기꺼이 열어젖힌다.

> 울컥 목젖을 적시며 파고드는 그리운 어머니
> 이제는 생의 우듬지 떨어진 채 고즈넉하게
> 독대의 시간 끌어안고 들풀만 무성해요
> 제 살로 빚어낸 물거울에 무지개 비치며 담겨 와요
> 애먼 눈물에 목이 말라 꿀꺽 삼키고 말았어요
> 땀 같기도 하고 눈물 같기도 한 어머니의 우물
>
> ―「어머니의 마중물」 부분

> 총총 걸음걸음 댓돌 위에 가지런히 놓여
> 어머니의 수행도 누우셨겠지
> 혹시 아버지는 콧등 살살 문질러 거꾸로 신으실까
> 닳고 해진 곳을 닦아내시며 새것처럼 모아두셨겠지
> 실밥 터진 흔적 덧대어 꽃신처럼 달아놓고

무덤덤하게 들여다보며 어머니도 수줍게 웃으셨겠지

—「고팽이」부분

인용한 두 작품은 어머니에게 바치는 절절한 헌사라기보다는 오히려 시인 자신의 기억, 또는 자신의 존재 근거에 대한 어떤 애정 어린 확신의 한 면모를 보여준다. 두 작품을 인용 선택한 이유는 앞에서 본 것처럼 제유의 형식을 가졌기 때문이다. 이는 시인의 표현수법을 미래지향적으로 이해한다는 측면에서 매우 중요하다.

작품의 내용으로만 보자면, 인용한 첫 번째 작품은 '마중물'보다는 '화수분'이라 해도 별 무리가 없다. 물론 실제 대상으로 '우물'이 존재하지만 '화수분'은 사물이 아니라 현상을 지칭하는 것이므로 별 상관이 되지 않는다. 그렇다면 '마중물'의 의미에서 제목의 뜻을 생각해봐야 하는데, 결국 시인 또한 다음 세대, 즉 가족이라는 구조 안에서 마중물이 되어야 하는 자신의 자격, 또는 자리를 자각했다는 표지로 이해해야 할 것이다. 같은 방식으로 '고팽이'는 시인의 단란했던 가족상을 그대로 유비하면서 또한 그 지향을 보여준다고 할 수 있다. 앞에서 잠시 가로를 친 것처럼 중심 상징은 단 한 어휘만을 지시하는 것이 아니라 그것의 계열, 혹은 계열체 전반을 지칭한다. 따라서 이번 시집의 경우 '어머니'뿐만이 아니라 '할머니'와 '아버지'가 등장하는 작품들도 탈/은폐의 차가움의 속성을 갖는다고 할 수 있다.

여기서 꼭 짚고 넘어가야 할 것이 있다. 어떤 어휘의 내재적 속성이라 믿는, 혹은 그것의 고착된 의미 때문에 억견에 빠지는 것을 우리는 늘 경계해야 한다는 것이다. 시를 읽을 때는 더욱 그러하다. 이 글의 제목에서 '뜨거움과 차가움'은 열역학에 따른 정의가 아닌 이상 상호 교차해서 긍정과 부정의 뉘앙스를 건너갈 수 있다. 시집에 사용된 어휘로 설명하자면 '각(角)과 완(碗)'을 나란히 놓고 보는 자세가 필요하다는 것이다.

보이지 않는 무언가가 꺼실꺼실,
간격을 두고 속을 찌른다
생선의 잔뼈도 아니고 나뭇결 묻어온 목피(木皮)도 아닌
내 살에서 나온 거스러미다

탱자나무 가시에 찔린 듯 욱신욱신 쑤셔댄다
심장까지 파고드는 신음 속의 긴 침묵
언젠가 뱉어낸 말 한마디가 비명처럼 들려온다

쐐기 같은 말이 목에 걸린 채
탱자나무 가시 틈에서 하얀 꽃을 피워낸다
입 안에 돋은 헛바늘 같은 말
가시에 박혀 속앓이하는 침묵의 곳간을 삭인다

딱지만 한 속에서 시퍼렇게 짓무른 응어리가

노랗게 익어버려 물러터졌다

가시넝쿨 틈새를 비집고 들어온 바람까지

따끔따끔 침으로 꽂힌다

더 곪기 전에 터뜨리지 않으면

탱자 꽃은 영영 피지 않을 것이다

　　　　　　　　　　　　　—「가시의 힘」 전문

　박소언 시인은 이번 시집에서 자신의 시적 지향을 명확하게
설정하기 위해 존재 기투(企投)의 기본 동력이 되는 현상과 기
억(현재와 과거)을 '가족'이라는 관계망 안에서 대상화해서 드
러내고 있다. 이런 드러냄은 '정화'를 겨냥할 수도 있지만, 여
기서는 후광 효과에 지나지 않아 보인다. 시인은 "간격을 두
고 속을 찌"르는 것의 정체가 "내 살에서 나온 거스러미다"라
고 선언한다. 이 '거스러미'에서 '그 남자'의 '뾰루지'나 '어머
니'의 '보푸라기'를 유추하는 것은 그리 어렵지 않다. 이쯤에
서 이번 시집의 세 개의 중심축 중에서 마지막으로 남은 괄호
쳐진 '(그 여자)'가 "더 곪기 전에 터뜨리지 않으면/탱자 꽃은
영영 피지 않을 것이다"라는 인식에 기꺼이 도달했다고, 또한
기꺼이 그렇게 행할 것이라 이해하고 믿어도 좋을 것이다.

문학의전당 시인선 0338

당신에게 불을 지펴야겠다

ⓒ 박소언

초판 1쇄 인쇄 2021년 4월 21일
초판 1쇄 발행 2021년 4월 28일
지은이 박소언
펴낸이 김석봉
디자인 헤이존
펴낸곳 문학의전당
출판등록 제448–251002012000043호
주소 충북 단양군 적성면 도곡파랑로 178
전화 043–421–1977
전자우편 sbpoem@naver.com

ISBN 979–11–5896–512–9 03810

*이 시집은 2021 대전광역시, (재)대전문화재단에서 사업비 일부를
 지원받아 제작되었습니다.